KB199162

아내의 묘비명

시와 그림이 있는 풍경 01

아내의 묘비명

김상기 지음

1판 2쇄 발행 | 2011. 12. 29

발행처 | **Human & Books**
발행인 | 하응백
출판등록 | 2002년 6월 5일 제2002-113호
서울특별시 종로구 경운동 88 수운회관 1009호
기획 홍보부 | 02-6327-3535, 편집부 | 02-6327-3537, 팩시밀리 | 02-6327-5353
이메일 | hbooks@empal.com
저자 사진 | 장명확
디자인 | 이인숙

값은 뒤표지에 있습니다.

ISBN 978-89-6078-129-0 03810

아내의 묘비명

김상기 시집

Human & Books

사랑의 인사

박은신
나의 아내
당신이 떠난 지 4년이 지났다
힘든 시간이었다

당신은
생전에 믿고 소망했던 대로
더 아름다운 다른 세상에서
웃으며 나를 기다리고 있을까

아픔도 괴로움도 없고
사랑과 평화가 넘치는 그런 세상…

그렇다면 나도
죽어 여한이 없으련만
나는 그것을 믿지 못해서 슬프다

내가 다시
사랑을 노래하는 일은 없을 것이다

당신이

나의 때늦은 변명을

끄덕이며 받아주기만 바랄 뿐이다

2011년 가을

김상기

아름답게 살다 가신 이를 위해 기도하며

유수일(하비에르) 주교
(천주교 군종교구 교구장)

이 시집을 낸 김상기 씨는 나와 같은 고등학교 같은 대학을 다닌 1년 후배 동문이다. 대학 졸업 후 나는 가톨릭 사제의 길을 걷고 김상기 씨는 기자로 일하다가, 10여 년 만인 1980년대 초에 프란치스코 수도원과 문화방송이 이웃해 있던 서울 정동에서 다시 만났다.

김상기 씨의 부인 박은신(소화 데레사) 자매는 모태신앙의 독실한 가톨릭 신자였고, 그 영향으로 남편과 두 아들(우항이, 지항이) 모두 세례를 받고 신앙가족이 되었다.

소화 데레사 자매는 참으로 깊은 신앙심과 아름다운 마음씨를 지닌 보기 드문 사람이었다. 데레사 자매가 오랜 암 투병 끝에 세상을 떠났을 때 나는 공원묘원까지 동행해 장례미사를 집전하면서 마치 한 성녀(聖女)를 떠나보내는 듯한 느낌을 가졌다. 헌신적인 아내였고 두 아들의 더없이 좋은 어머니였던 데레사 자매는 지금 천국에서 남편과 두 아들을 위해 기도하고 있으리라 생각된다.

김상기 씨의 이 시집은 4년여 전에 사별한 아내에 대한 한없는 사랑과 그리움 그리고 아픔을 추억 더듬듯 따뜻하게 노래하고 있다. 그러면서 이 시집은, 사랑의 실천은 내일의 일이 아닌 바로 오늘의 일임을 말해주고 있다.

아마도 비슷한 슬픔과 사랑의 삶을 살고 있는 많은 분들에게 이 시들이 적지 않은 공감과 위로를 주지 않을까 생각한다.

데레사 자매가 이 시집을 천국에서 읽는다면 얼마나 기뻐할 것인지!

데레사 자매와 남은 가족 세 사람을 위해 기도한다.

세상의 모든 남편과 아내
그리고 연인들에게

엄기영(전 문화방송 사장)

거친 기자생활을 하면서도 삶의 심연을 늘 응시하고 고민하는 사람은 흔치 않다. 김상기 선배는 그런 매우 찾기 어려운 사람 중의 한 분이다. 첫 장을 넘기면서 공유하게 되는, 그의 품성처럼 담백한 단어와 문장은 금세 눈물이 핑 돌게 한다.

형수님! 아내 박은신 님께 바치는 그의 사랑과 참회의 소네트는, 오늘 이 정신없이 돌아가는 세상, 함께하지만 따로따로인 세상에서, 우리 모든 남편과 아내 그리고 연인들을 그 자리에 멈추어 서게 한다.

과연 인생에서 가장 소중한 것은 무엇인가?

애지(愛之)면 능물노호(能勿勞乎)아!

사랑한다면 사랑하는 이를 어찌 연단하지 않을 수 있으랴!

2,500년 전 공자는 그렇게 말했지만, 그렇게 아파하다 먼저 세상을 여읜 그 사랑하는 사람이, 뒤에 홀로 남은

사람을 또 이렇게 지키는구나!

높이 자리한 김 선배의 집 베란다에서 명멸하는 세상 불빛을 함께 내려다보리라. 아무 말 없이 그저 술 한 잔 따라 놓고.

차례

제1부 | 아내의 묘비명

제2부 ㅣ 강아지를 노래함 – 꼬미에게

제3부 ㅣ 젊은 날의 추억 – 10대와 20대에 쓴 시편들

제1부 | 아내의 묘비명

〈영원의 장〉

이번 가을에는

이번 가을에는 떠나야지
반드시 혼자서
아는 이 없는
먼 곳으로 가야지

가서 버려야지
미련도
회한도
아낌없이 가을 강물에 흘려보내야지

애초부터 혼자였듯이
바람소리도 혼자 듣고
저녁노을도 혼자 보고
노래도 혼자 불러야지

들꽃 하나 꺾어 건넬 사람도 없고
넋두리해도 들어줄 사람 하나 없는
정말로 아무도 모르는 곳에 가서
혼자 견디는 법을 배워야지

온 세상 나뭇잎이 다 떨어져도
서운해 하지 않고
만 리 하늘 모든 새들이 울며 떠나가도
눈물 흘리지 말아야지

내가 홀로 건너야 하는
얼어붙은 겨울 강
건너다 한복판 얼음장이 쩍 갈라져서
지친 내 몸뚱이가 강바닥에 가라앉기 전에

혼자 사는 게 들풀처럼 편안해져야지
혼자 죽는 게 바람처럼 가벼워져야지
이 가을이 아직 내 곁에 있을 동안
내가 먼저 손 털고 먼 길을 나서야지

연가 – 아내의 묘비명

목숨이 백 년은
푸르를 줄 알았다

사랑은 천 년도
짧을 것만 같았다

차운 비 한 서슬에
놀라 깨니 적막한 꿈

꽃향기 새소리도
무명(無明)으로 쓸려간다

깊은 강 건너
잊혀진 내 무덤가

그리운 그대 음성
바람결에 뒤채인다

아내의 무덤

겨울 눈밭에 내가 서 있다
손발보다 가슴이 더 시리다

새봄이 또 와도
기다리는 사람은 돌아오지 않는다

여름 소낙비가 하늘 무너진 듯 울고 간다
내 눈물은 아직 다하지 않았다

가을 마른 잔디 위로 빈 바람이 흩어진다
내 영혼도 부서진다

허깨비 같은 내가
하릴없이 무덤가를 서성인다

오래지 않기를 바란다
우리가 한 줌 흙으로 다시 만날 날이

〈설중화〉

사랑 때문이 아니다

사랑 때문이 아니다
할 일 없고 허전해서 아내를 찾아간다

세상은 내가 없어도
잘만 돌아간다

장성한 두 아들놈은
코빼기 보기도 어렵다

그래도 마누라는 내가 보고 싶겠지 하며
시도 때도 없이 달려간다

술을 마시지 못하니 술병 대신
애꿎은 들꽃이나 한 송이 꺾어 간다

제일 궁금할 것 같아
자식 놈들 행태를 미주알고주알 보고한다

칭찬보다는 원래

흠잡고 흉보는 게 내 전공이다

짝패 잃은 아비를 두 녀석이
얼마나 업신여기는지 열 올리며 일러바친다

마누라 없는 처가가 불 꺼진 놋쇠화로처럼
잔뜩 썰렁해진 것도 슬며시 성토한다

보고 싶다고 입에 발린 소리를 늘어놓다가
왜 꿈에도 보이지 않느냐고 생떼를 쓰기도 한다

아내는 말이 없지만 당연히 내 편이다
때로 깔깔 웃고 때로는 눈시울을 붉힌다

한 주가 멀다고 만났으니
섭섭한 대로 주말부부 노릇은 한 셈이다

간혹 너무 자주 온다고 나무라는 듯도 싶지만
사는 게 재미없고 시간은 남아도니 또 쫓아간다

조만간 시간의 화살이 내 정수리에 꽂히면
그때는 나도 아내 곁에서 잠이나 실컷 잘 생각이다

죄목

사랑한다는 구실로 너를 잡은 죄
가족이라는 울타리 안에 너를 가둔 죄

자유롭고 행복하게 해주지 못한 죄
지치고 병들게 만든 죄

대신 죽지 못한 죄
잊지 못하는 죄

너 없는 세상을 슬퍼하는 죄
다음세상 재회를 꿈꾸는 죄

나에게는
면죄부가 없다

〈추연(秋戀)〉

25

살아야 하는 이유

항암주사를 맞고 오면 아내는 파김치가 된다
부작용을 막으려고 알약 한 움큼을 삼킨다

백혈구 수치가 위험수준으로 떨어진다
면역력 증강 주사를 놓으면 이번엔 고열이다

삼복에 히터를 켜고 이불을 겹쳐 덮는다
열은 간단히 39도를 넘고 또 병원행이다

응급실은 밤낮 만원사례다
매트 한 장 바닥에 깔고 누워 의사를 기다린다

의사도 별 수 없다 지켜볼 따름이다
얼음찜질이나 하다가 이튿날에야 병상을 얻는다

불시에 생사고비를 넘나든다
아내는 초인이다 엄살이라는 단어가 사전에 없다

못 견디게 아프면 장난스레 웃으며

'끙끙거리면 좀 덜 아프려나?' 끝까지 농담이다

5년을 그렇게 아내는 암과 살았다
나는 유머감각을 잃었다 24시간 비상이다

안방에 누운 아내가 한밤중에 찾는다
목소리가 안 나오니 휴대전화 호출이다

득달같이 달려간다 대개 나는 깨어 있다
아내는 유머를 잃지 않았다 '당신 자동인형 같아!'

물 한 모금 청하기도 하고 이불을 더 달라기도 한다
실상 내가 해줄 수 있는 일은 거의 없다

그나마 아내가 병석에 누워 있던 때가 그립다
지금은 아무도 나를 필요로 하지 않는다

휠체어라도 밀 수 있던 때는
분명 내가 살아야 하는 이유가 있었다

아무것도 하고 싶지 않은 까닭

나는 동작이 느리다
언제나 아내가 먼저 준비하고 기다린다
이따금 가볍게 꼬집는다
'다른 집은 다 남자들이 기다린다는데'

부엌일에 손도 못 대게 하던 아내가
몹시 아플 땐 더러 내게 설거지를 하게 했다
고작 그릇 몇 개 씻는 일이다

힘없이 지켜보다가 한마디 한다
'물만 많이 쓰고 오래 걸리고 깨끗하게는 못하고'
결국 아내가 마무리를 짓는다

정리벽인 내가 쓸데없는 걸 치우고 있으면
'당신은 시간이 아깝지도 않아?'

마지막 입원 때 아내 병실을 구석구석 청소했다
언제 다시 아내의 방을 돌아볼 날이 있겠는가

울음을 참으며 박박 걸레질을 하다가 또 혼났다
'당신 병원 청소부로 취직했어?'
아내는 그것이 마지막임을 알지 못했다

내가 평생 타박만 받고 산 것은 아니다
기실 칭찬받은 일이 백 배는 더 많다

퇴근하면 '우리 신랑 오늘도 수고 많았네'
봉급날은 '쌩큐! 애 썼어 처자 먹여 살리느라고'

모임에서 돈 낼 일 생기면 슬쩍 나를 밀며
'장가 제일 잘 간 사람이 내는 거야'

아플 때 속이 탄대서 얼음과자라도 사다 주면
'아! 시원하다 신랑 없으면 어떻게 사나?'

이제는 내게 잔소리할 사람도
조그만 일로 고마워할 사람도 없다

그러니 맥 빠진 내가
아무것도 하고 싶지 않은 것은 지극히 당연하다

대화

네가 말했다
내가 잘못한 건 잊겠다고 약속해 줘

내가 답했다 약속하고 말고
잘못이라면 내가 훨씬 더 많은 걸

네 목소리가 젖어들었다
당신이 늙으면 잘 챙겨주고 싶었는데…

내가 눈물로 달랬다
당신은 이미 내게 너무 많은 걸 주었어

내가 망설이며 물었다
나하고 살다가 병났는데 내가 원망스럽지 않아?

아내가 화를 냈다
당신 바보야?

내가 염치없이 다짐했다

아직도 날 사랑해?

아내가 한심하다는 듯 나를 응시했다
몰라서 물어? 당신은 정말 구제불능이야

혼수상태

눈도 못 뜨는 아내에게
친정어머니가 물었다
애! 내가 누군지 알겠니?

넋 놓은 답이 돌아왔다
신랑…

막내가 소리쳤다
엄마! 내가 누군지 알아?

꺼져가는 목소리가 웅얼거렸다
신랑…

내가 이를 악물었다
은신아! 나는 누구야?

들릴 듯 말 듯 아내가 되뇌었다
신랑…

그래 당신이 끝까지 믿고 의지했던

그 신랑이라는 못난이는

당신에게 목숨 한 조각도 나눠줄 수 없었다

유언

낮부터 사람을 알아보지 못했다
시간은 우리를 버렸다

의사들은 똑똑한 바보들이다
아들도 친정동생도 의사였지만 아무도
아내가 그 밤을 넘기지 못할 걸 몰랐다

'집에 갔다 올게'
맹추 같은 나
'…왜?'
힘없는 질문

'아침에 다시 올게'
한 치 앞도 못 보는 나
'…가…'
잦아드는 목소리
아내의 마지막 음성

짧은 그 두 마디가 그대로 유언이 돼 버렸다

어리석은 내게 던진 최후질문과
고별인사

'…왜?' 그리고
'…가…'

왜 아름다운 사람은 가고
나 같은 쭉정이가 남겨졌을까

가라고 보내주었는데 정작 나는
가고 싶은 곳도 없고
어디로 가야 하는지 알 수도 없다

약속

내가 갈 때가 되면 알려줘
꼭 알려줘야 돼

그래 그렇게 할게

마침내 시간이 다했다

주치의가 말렸다
말씀하지 마세요
그냥 평화롭게 가실 수 있도록 해 주세요
아들도 거들었다

나는 아내와의 약속을 어겼다
평생 크고 작은 약속을 수없이 어기고
결국 마지막 약속조차 지키지 못했다

아내는 떠나기 전
꼭 남기고 싶은 말이
있었던 게 아닐까

그가 떠난 후

내가 수천 수백 번 되뇌인

미안해

사랑해

그런 부질없는 말이 아닌

정말 어떤 특별한 말…

고별

아내가 많이 아프다
눈 꼭 감고 참고 있다가
문득 혼잣말처럼 묻는다
'날 사랑해?'

나는 화들짝 놀라 대답한다
'그럼! 사랑하고 말고!'

아내가 생전 하지 않던 청을 한다
'나 한 번 안아 줄래?'

나는 고꾸라지듯 아내를 안는다
목구멍 속으로 비명이 터진다
'여보! 제발 가지 마!'

이윽고 아내가 가만히 나를 민다
'이제 됐어…'
여간해선 울지 않는 아내 눈이 흠뻑 젖어 있다

장례식 날 관 뚜껑을 덮기 전에
마지막으로 아내를 안았다
얼어붙은 눈물
얼음 같은 체온

사람들이 나를 떼어 놓는다
나는 아내를 보낸다
내 남은 삶과 꿈도 함께 고별한다

53층 우리 집

창 너머로 동쪽 하늘을 본다
한강물 굽이 따라 멀리 양수리가 보인다

화톳불에 감자를 구우며
언 손 녹이던 〈봉주르〉

연밥을 따며 마음 달래던
〈세미원〉이 그곳에 있다

맑은 날은
골짜기 서늘한 용문산 그늘이 비치고

흐린 날은 구름 속에서
젖은 눈이 나를 본다

시한부를 살면서도
두고 갈 가족 걱정만 하던 사람

당신이 차를 마시던 작은 의자는

오늘도 비어 있다

나는 겁이 많아
창밖으로 뛰어내리지 못한다

말장난

당신과 다시 일 년을 살 수 있다면?
물론 나는 나머지 삶을 포기할 수 있다

사흘밖에 함께할 시간을 주지 않는다면?
그래도 주저 없이 남은 세월을 반납하겠다

나는 그 사흘 동안 잠들지 않고 지킬 것이다
당신이 또 훌쩍 혼자 떠나지 못하도록

…당신이 가던 날 세상도 죽었다
빛도 스러지고 노래도 사라졌다

오늘도 똑같이 해가 뜨고 바람이 불지만
살아 있는 기쁨은 더 이상 나의 것이 아니다

5년 내내 나는 빌었다 당신 대신 나를 데려가 달라고
응답은 없었다 애초부터 무대 뒤엔 아무도 없었다

이 시험은 너무 어렵다

내가 무사히 통과할 수 있는 수준이 아니다…

텅 빈 거실에 넋 놓고 앉아
툭하면 머릿속 말장난이다

당신이 데리러 올 날을 기다린다
오늘도 기적은 없다

2층 정원

잠 못 이루는 밤
바람이 부르는 정원으로 나간다

주목들이 열병식 하듯 늘어선
네가 좋아하던 2층 정원

둥근 꽃밭을 둘러싼
수은등 여린 불빛은 시름에 겹고

이름 모를 꽃들이
아스라한 추억들과 뒤섞여 잠들어 있다

반쯤 이운 달이
딱하다는 듯 나를 지켜보는 새벽 세 시

이곳을 떠나면 슬픔과 불면도
함께 작별할 수 있을까

어디를 간다 해도
망막에 새겨진 얼굴은 지워질 리 없다

양재천에서

양재천변을 걷는다
개울물이 낮게 흐느끼며 흐른다

천변공원 낡은 벤치는 그대로 있다
네가 누워 있고
내가 곁에서 책을 읽던 나무 그늘

'나 먼저 집에 간다'
해가 설핏 기울 무렵
너는 솔나무 사이로 천천히 멀어져 갔다

나뭇잎 사이로 떨어지는 엷은 햇살에
눈물처럼 반짝이던
짧은 머리카락

조그맣게 점점 더 조그맣게
울음 삼키듯 잦아들던
작은 어깨

그래 조금 먼저 떠났을 뿐이다
네가 간 길을
지금 나도 가고 있다

네 발자국을 따라 내가 가듯이
더 많은 사람들이
우리 발자국을 지우며
또 이 길을 지날 것이다

걷기

사람들은 건강을 위해 걷는다
나는 또 하루 견디기 위해 걷는다

사람들은 오래 살기 위해 걷는다
나는 남은 시간을 버리기 위해 걷는다

사람들은 목표를 향해 부지런히 걷는다
나는 목적 없이 한눈팔며 걷는다

사람들은 짝을 지어 걷는다
나는 내 그림자와 밀고 당기며 걷는다

사람들은 웃고 떠들며 걷는다
나는 사람 소리를 피하며 걷는다

사람들은 누군가 기다리는 곳으로 돌아간다
나는 아무도 기다리지 않는 곳으로 돌아간다

사람들은 내일을 위해 서둘러 돌아간다
나는 내일이 필요 없으니 안 돌아가도 그만이다

유품

아내가 입던 옷들을 정리한다
새 것도 없고 값진 것도 없는
그래서 아무도 '이건 내가 입어야지' 하고
골라낼 것이 없는 수수한 옷가지들

핸드백도 장신구도 눈에 띄는 게 없다
'명품 하나 없는 여자는
우리 엄마밖에 없을 거예요'
자식 놈이 푸념하듯 중얼거린다

어쩌다 옷가게 앞을 지나며
'저 옷 예쁘다'
'사줄까?'
'누가 산댔어? 예쁘댔지'
자꾸 사라고 권하면 오히려 역정을 내던 아내
'그 돈이면 한 달은 살겠다'

그런 사람이 떠나기 전
나를 백화점에 끌고 갔다

여름옷 겨울옷 서츠에 오리털파커까지
골고루 사주며 못 박듯 다짐한다
'궁상맞게 살지 마!'

그 두툼한 파커를 입고
그 사람 없는 겨울바람 속에 내가 섰다

세상은 옷이 없어서 추운 것이 아니다

요리 노트

아내의 요리 노트를 본다
갓김치 돼지고기생강구이 해물스파게티
깨알 같은 글씨에 사진까지 곁들였다

이름 모를 조리기구들
그릇이 참 많기도 하다
대부분 장차 아무도 손대지 않을 가재도구들

요리학원을 다니며
이 현란한 조리법을 배워
나와 두 아들 녀석 입맛을 살려 주었구나

아무 때나 달려들어 먹고 달아나는
잘난 사내 셋을 위해
음식 만들고 상 차리고 설거지하고

매일 벗어 던지는 옷가지들 손질하고
어지른 집 청소하고
밑도 끝도 없는 노역에

작은 여자 하나가 마침내 쓰러졌구나

미안하다는 말도
고맙다는 말도
이제는 듣지도 못하는 사람

우리 집 사내 셋은 모두 중형감이다

사진

신혼여행 서귀포 바닷가에
가까스로 결혼한 우리가 손잡고 섰다

야윈 신부 얼굴에 안도의 미소가 감돈다
낮고 부드러운 아내 음성이 들린다

설악산 여름 골짜기 서늘한 계류에서
두 아이와 물장난하는 젊은 엄마는 아름답다

운명의 여신이 우리를 질시한 것일까
까닭 모를 독화살이 아내 가슴에 와 박혔다

노르웨이 빙하폭포를 두 팔 벌려 막아선
아내 등 뒤에 죽음의 그림자가 다가서 있다

떠나기 전 내 생일에 온 가족을 모은 아내
애써 짓는 밝은 표정이 눈물보다 처연하다

사진은 그립고 소중한 시간을

영원히 붙잡아 놓는 꿈의 선물인 줄 알았다

하지만 홀로 남은 자에게는 추억도
고통의 또 다른 이름에 지나지 않는다

정녕 나는 너무 오래 살아 있다
의미 없는 시간을 마른 짚처럼 씹고 있다

도인(道人)

우리 가족 넷 중에서 하나가 죽어야 한다면
그건 당연히 나야
당신이 죽으면 집안이 기울고
애들이 잘못되면 미래가 사라지니까
내가 선택된 건 불행 중 다행이야

선택이고 다행이라니?
어떻게 강 건너 불 얘기하듯
그런 끔찍한 말을 담담하게 할 수 있을까

투병 5년 내내 아내는
도인이 따로 없었다

내가 풀죽어 말소리라도 가라앉으면
왜 또 어린애처럼 그래?
따끔하게 침을 놓던 사람

의연하게 살라고 그토록 나를 채질했지만
아내가 가자마자 나는

금세 숙맥이 돼 버렸다

밥은 하루에 몇 끼를 먹어야 하는지
잠은 몇 시에 자고 몇 시에 일어나야 하는지
사람들은 왜 왔다 갔다 하며 웃고 떠드는지
아무것도 알 수 없는 백치가 돼 버렸다

병처(病妻)

바로 누우면 기침이 쏟아진다
오른쪽은 수술자리가 아프고
돌아누우면 숨을 편히 쉴 수 없다

고된 살림에 불평 한 번 없던 아내
쉴 줄 모르던 사람이 마흔다섯에 쓰러졌다

암이 아내를 무너뜨릴 때까지 나는
살면서 꼭 붙잡아야 하는 것이 무엇인지를 몰랐다

문병객이 오면 웃으며
저는 괜찮아요
거꾸로 위로를 건네던 사람

병자성사(病者聖事) 때도 미소를 지어
우리는 차마 눈물지을 수 없었다

어린아이들을 누구보다 좋아하던 아내
어떤 가인보다 더 아리땁던 사람

자신의 말기 암은 고뿔처럼 대하면서
소아병동 아기환자들 곁을 지날 때면
매번 눈앞이 흐려져 걸음을 멈춰 섰다

아내의 고운 넋은
죄 없는 하늘로 떠갔지만
풍속 사나운 이 세상에는
한 가닥 남아 있던 내 존재이유가 사라졌다

시간이 있을 줄 알았다

시간이 있을 줄 알았다
실점을 만회할 시간
잘못을 돌이킬 수 있는 시간

시간이 정말 충분한 줄 알았다
네가 나보다 십 년이나 젊고
여자는 남자보다 또 십 년은 더 사니까

내가 얼어 죽을 직장을 그만두고
일 핑계로 잊고 산 가족을 돌아볼 시간이
적어도 일이십 년은 더 주어질 줄 알았다

나는 보답하고 싶었다
나에게 잡혀 하늘을 날지 못한 네 젊음과
자식들에게 묶여 꽃피우지 못한 네 꿈을
늦게나마 조금이라도 보상해 주고 싶었다

나는 너에게 일생
숱한 실수를 되풀이하며 살았지만

내 최악의 잘못은
우리 목숨을 단순 덧셈 뺄셈으로
바보처럼 예단한 일이다

하루 앞도 모르는 미물 주제에
삼라만상의 지배자인 시간을 멋대로 재단하고
결코 오지 않을 미래에
무책임하게 당장 할 일들을 미뤄 놓았다

나는 우선 하늘로부터 용납이 되지 않고
누구보다 나 자신에게 용서를 구할 수가 없는데
무엇이든 내 잘못을 무조건 덮어주던
단 하나 관용의 천사도 이젠 나를 떠났다

맨 처음 너를 만났을 때

나는 너무 일찍
사랑에 대한 불신을 배웠다

내 젊음은 항상
춥고 어두웠다

겨울 창가에 홀연 피어난
산뜻한 매화 한 줄기

맑은 향기가
씻긴 바람에 실려 왔다

매운 열정은
눈밭 속에서도 꽃을 피운다

너를 꽃피운 청정한 불길이
내 지난날 허물을 검불처럼 불살랐다

빛이 어둠을 쓸어내고

나는 문밖으로 나섰다

꽃을 사랑하는 데는 이유가 없고
사람을 사랑하는 데는 논리가 없다

맨 처음 너를 만났을 때 나는
누구와 함께 살고 죽어야 하는가를 비로소 알았다

〈안개와 포도〉

〈소녀상〉

결혼 생활 30년

30년 동안 나는
직장을 다녔다
30년 동안 아내는
집안을 지켰다

나는 회사 일을 벗어나면
회식자리에서 세상 잡사를 논단하거나
밤 깊도록 귀머거리 베토벤하고나 노닥거리면서
남은 시간을 탕진했다

아내는 질긴 살림살이에 발 묶인 채로
가을걷이도 없는 자식 농사와
날벼락 같은 불청객 병마에
간단없이 시달렸다

내가 신선놀음에
도낏자루 썩는 줄 모르는 동안
아내는 중중첩첩 일에 치이고 종막에는
백전불패의 죽음과 승산 없는 사투를 벌였다

턱없이 때늦었지만
아내가 간 세상에 혹시 막일꾼이 필요하다면
당장 달려가서 허드렛일이라도 거들고 싶다
문 앞에 '바보 입장 불가' 팻말만 없다면

베토벤

신혼 무렵 우리 기상곡은 〈전원〉이었다
아침 식탁에 넘실거리던
그 신선한 음표들의 향연

〈로망스〉가 내 대학시절 연가였는데
아내는 〈아델라이데〉가 고교시절
청소시간 주제가였다며 웃었다

베토벤의 깊숙한 눈은
절망의 심연처럼 슬퍼 보였지만
아내의 눈빛은 언제나 〈열정〉으로 반짝였다

우리는 〈영웅〉처럼 벽을 넘어 손잡았고
루체른호의 〈월광〉을 밟으면서
〈환희의 송가〉를 간구했다

그러나 〈운명〉을 뛰어넘는 〈불멸의 사랑〉은
결코 지상의 것이 아니었다

〈앙스트 블뤼테〉*의 가여운 꽃잎들은

〈템페스트〉에 쓸려가고

아내가 떠난 빈방에는

〈현악 4중주〉의 깊은 탄식이 눈물처럼 넘치고 있다

● 앙스트 블뤼테(Angst Blüte) : 불안과 고통 속에 핀 꽃, 또는 그런 인물

큰 아들

아내가 떠나기 이틀 전
이등병 큰 아들이 특별외출로 문병 왔다

'우리 아들! 엄마는 널 믿는다 항상 믿어!'
휠체어를 미는 녀석에게 아내가 남긴 말이다

큰 애는 성정이 제 어머니를 빼박았다
따뜻하고 낙천적이고 사람 편하게 해주고
무엇이든 남 주기 좋아하고 항상 웃는 얼굴

그러나 끈기가 모자라고 너무 순진해서
험한 세파 모르는 단점도 물려받았다

못난 점은 아버지 유전자 탓이 크다
게으르고 손재주 없고 경솔해서 실수 잦고
쓸모없는 취미 많고 단 걸 좋아하는 입맛

사내 녀석이 걸핏하면 눈물을 보이는 것도
심지 여물지 못한 나를 닮았다

서른 가깝도록 스스로 서지도 못한 아들에게
아내가 거듭 믿는다고 한 말은 무슨 뜻이었을까

착하게 살면서 남에게 도움 주고
세상에 꼭 필요한 사람으로 살라는
평소의 당부를 새삼 일깨운 것이 아니었을까

아내가 남긴 숙제

어느새 두 아이 다 서른이 넘었다
둥지를 떠나 제 하늘로 날아가야 한다

예전에는 서른이면 솔가해서 부모를 봉양했다
요새 서른은 태반이 부모 슬하 미성년이다

누가 무얼 부탁하든 거절할 줄 모르는
용해 빠진 큰 애는 아직도 책과 씨름중이다

여섯 살 때 편도선 수술을 받으면서
목이 잘리는 줄 알았다던 멍청이 막내는 초보 의사다

아들 결혼에는 두 가지 전제를 걸었다
처자 부양 능력과 죽을 때까지 책임진다는 의지

며느리 감에게도 한 가지 조건이 있다
아들 녀석을 사랑하고 끝까지 변치 말 것

그러나 내 뜻이 무슨 상관이 있겠는가

자식 놈만 좋다면 사실 나는 인종 국적 불문이다

결혼반지는 아내가 준비해 놓았다
살아 있다면 백 가지 더 신경을 썼겠지만

나는 단지 눈비 가려줄 우산 정도만 생각한다
무한사랑의 어머니를 잃은 것은 녀석들 팔자소관이다

요즘 아들은 장가가면 더는 자식이 아니라는데
마누라도 없는 판에 새삼 무슨 효도를 바라겠는가

그저 자식 놈 선택이 현명해서 훗날 후회 없기를
부부 서로 하늘 땅처럼 의지하며 백년해로하기를

아내가 내게 남긴 유일한 숙제
두 아이의 홀로서기가 이제 겨우 서막이다

그날 그 사람 빈자리에는
꽃이라도 한 송이 갖다 놓아야 하나

문제는 숙제 다음이다 이 황량한 세상에
병든 영혼이 남아 또 무엇을 해야 하는지 알 수가 없다

꼬마 천사들

가본 적도 없는 나라 꼬마들과 결연을 맺는다
아프리카 이 구석 저 모서리
육이오동란 무렵 대한민국처럼 가난한 먼 나라들

열 살 안팎 새까만 꼬마들은 하나같이 곱슬머리다
왕눈이 빼빼에 엄청 눈빛이 맑은 꼬마들은
오쿠쿠 세미라 같은 동화 주인공 이름을 가졌다

우리나라 그늘진 곳 끼니 거르는 꼬마들도 있다

놀랍게도 외식 한두 번이나 술판 한 자리 비용이면
이 꼬마들 인생이 거짓말같이 달라진다

제 이름도 못쓰던 아프리카 개구쟁이는
학교에 다니면서 영어까지 배울 수 있고
점심 때 수돗물로 배를 채우던 결식 어린이는
더운밥을 먹으며 푸른 내일을 꿈꿀 수 있다

아프리카에서는 가끔 사막 냄새 담긴 편지가 온다

어른들이 대신 전한 인사 속에 꼬마 눈웃음이 숨어 있다
더러는 쑤욱 자란 새 모습 사진도 함께 온다
붕어빵 엄마 아빠와 키 재기 하는 꼬마도 보인다

나의 답장은 가물에 콩 나듯 게으르지만
내가 빈둥거리는 동안에도 축복처럼 아이들은 자란다

눈 씻고 다시 보면
지구에는 사실 천사들이 참 많이 산다
세상의 모든 어머니와
때 묻지 않은 꼬맹이들

우리 집 천사가 먼 나라로 떠난 대신
나는 촌수 먼 병아리 천사들과 새 인연을 맺는다

천사는 원래
닿을 수 없는 먼 빛 속에서
부신 눈으로 바라볼 때 한결 더 아름답다.

사는 재미

삶이 고단할 때
무거운 짐을 나눠 질 사람이 있다면 행운이다

지치고 외로울 때
따뜻이 손잡아 줄 사람이 있으면 축복이다

적의에 찬 시선들에 포위됐을 때
'언제나 당신 편'인 사람이 있다면 두려울 게 없다

힘겹고 고통스러운 건 이겨낼 수 있다
시련의 십자가는 누구나 지고 산다

사나운 불과 담금질이 쇠를 단련시키듯
몰리고 시달릴수록 투지도 강해진다

하지만 무관심에는 묘수가 없다
혼자임을 확인하는 순간 인간은 무너진다

가끔 아내가 나를 시험할 때
나는 그것이 바로 사람 사는 재미라는 걸 몰랐다

너무 사랑하지 말 것

세상만사가 다 그렇듯이
사랑도 지나치면 독이 된다

나무와 나무가 각기
알맞게 거리를 두고 살듯이

사랑하는 사람도 숨 막히거나
부대끼지 않을 만큼 거리를 둘 일이다

온몸을 던지는 사랑은 자칫
사망 아니면 중상이다

나무들이 정답게 가지와 잎사귀로 입 맞추고
뿌리를 묶어 해로해도 서로 상처 주지 않듯이

인간도 청솔처럼 늘 푸른 사랑을 꿈꾼다면
불같은 애증에 목숨 걸지 말 일이다

영원한 사랑

꿈꾼 대로 이루어진 사랑은
결코 영원한 사랑이 아니다

마침내 정상에 올랐다 싶은 순간
사랑은 벌써 발밑부터 허물어지기 시작한다

고인 물이 썩지 않는 것을 본 적이 있는가
백 년 타는 장작불을 본 적이 있는가

천 길 호수도 마를 날이 오고
용암 솟구치는 화산도 멈출 날이 온다

사랑은 제멋대로다 염치도 참을성도 없다
언제든 마음대로 일어나서 가고 싶은 데로 가버린다

우리는 마음의 주인이 아니다
껍데기뿐인 몸뚱이에 마음은 가둬지지 않는다

그렇다고 칼 갈 듯 매일 사랑을 벼릴 수는 없다

칼끝 같은 사랑은 아차 서로를 찌른다

차라리 사랑을 닫힌 칼집에 꽂아두고
무심히 삭을 때까지 잊고 사는 게 현명하다

영원한 사랑은 없다 한사코 찾자면
그것은 목숨 걸고도 끝내 이루지 못한 사랑뿐이다

이승과 저승

이승과 저승의 거리는 얼마쯤일까
까마득히 먼 것 같다가도
문득 지척처럼 가깝게 다가선다

서울과 대전에 떨어져 지내던 것과
저승과 이승에 나뉘어져 있는 것이
따지고 보면 별반 다를 게 없다

사랑하는 이와 함께 산다는 것이
헤어져 그리는 것보다
두 사람을 더 살갑게 묶어준다는 보장은 없다

살아 있을 때는 거의
공기나 물처럼 잊고 지내던 사람이

죽은 후에는 날마다
봄버들처럼 새록새록 다시 피어나는 것이
우리네 어리석은 인생이다

〈영원의 장〉, 1990년 作(청와대 소장)

아직은 아니다

아직은 아니다
아직은 네가 정말로
이 세상을 떠난 것이 아니다

내가 살아 있는 한
내 불면의 기억이 잠들지 않는 한
너는 언제나 나와 함께 있다

내가 눈물지으면 못났다고 나무라고
실수하면 깔깔거리고 웃으면서
너는 정녕 옛 모습 그대로
내 주변을 지키고 있다

내가 죽어도 또
자식들이 남아 있는 한
우리는 가끔 이 덧없는 사바에
한 조각 구름처럼 되살아날 것이다

자식들까지 시간여행을 마친 후에야

우리는 비로소

속절없는 부활의 꿈을 접고

개결하게 사람세상에서 잊혀져갈 것이다

그만하면 됐다

그만하면 됐다
그만 슬퍼하고 그만 눈물지어라

세상에 어디 영원한 것이 있다더냐
주목도 천 년을 살면 뼈만 남고
만 년을 견딘 바위도 종내는 흙으로 부서진다

한세상 스쳤다 감에 욕심이 지나치다
백 년도 못 살면서
천 년 시름 만 년 집착을 가졌구나

시간의 화살 앞에선
우주만물 모두 끝이 있거늘
찰나를 머물다 가는 생에 어이 길고 짧음이 있겠느냐

모든 것은 돌아간다
본래 있던 어둠 속으로

한 점 하루살이 가쁜 삶과

우리네 질긴 목숨의 무게가 다를 바 없거니

그래 이만하면 됐다
이제 그만 미련의 끈을 놓자구나

하필 사람과 사람의 인연이라고 해서
어찌 바람과 풀씨의 일순간 만남보다 중할 것이 있으리

미욱한 인간

흐르는 물을 보아라
무심하게 흔들리는 갈잎을 보아라

굽이치는 대로
바람 희롱하는 대로
언제나 담담하게 몸을 맡길 뿐이다

그러나 보아라
물은 어느덧 천 리를 흘러
먼 바다에 이르고

갈대는 풍상 섞어 치는 겨울을 지나
봄 햇살에 푸르른 새순으로
다시 또 피어난다

짧은 삶을 한하고
죽음을 슬퍼함은 오직
미욱한 인간뿐이거니

한 점 이름 없는 풀꽃이나
풀섶에 깃든 작은 벌레들이
잘난 인간보다
오히려 먼저 열반에 들어선다

비원(悲願) – 나의 묘비명

이슬 같은 목숨이
오욕칠정에 시달리다 간다

마지막 소망은
사바세상으로 다시
돌아오지 않는 것

삶도
죽음도 없고

부활도
윤회도 없는

절대적멸 속으로
미련 없이
스러져 가는 것

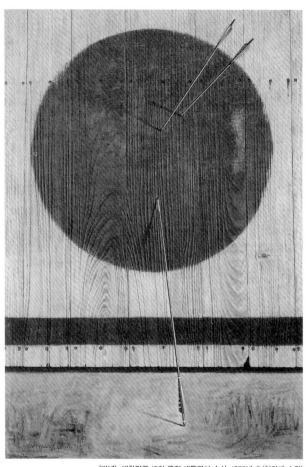

〈과녁〉, 대한민국 19회 국전 대통령상 수상, 1970년 作(청와대 소장)

제2부 | 강아지를 노래함 - 꼬미에게

강추위

겨울밤 거리에 나가 막혔던 숨을 토한다
아내를 잡아주던 손으로 강아지 목줄을 잡고

털옷에 꽁꽁 몸을 감춘 사람들은
도망치듯 집안으로 사라진다

밖에만 나오면 펄펄 뛰던 강아지도
오늘은 발이 시린지 귀까지 오그라들었다

풀솜 같은 녀석을 안아들자 언 콧등을 비벼댄다
'그래도 나랑 같이 있으니까 훨씬 덜 춥죠?'

천 년을 기다려 만난 사람은 나를 떠나고
어이타 이 애잔한 생령이 내게 붙여졌는가

매운 바람을 대차게 막아선 나목들이
강추위에 얼어붙은 작은 두 그림자를 지키고 있다

〈소녀〉

새벽 네 시

너도 슬플 때가 있니?

너도 외로울 때가 있니?

내가 없어도
너는 잘 살 수 있겠니?

녀석은 대꾸가 없다
열심히 내 잠옷 단추를 깨무느라고
정신이 없다

잠에서 쫓겨난 새벽 네 시
내 곁에 있는 건
석 달 난 강아지 한 마리뿐이다

충복

세상에 어떻게 이런 맹종의 살붙이가 있을까
강아지는 자신을 위해 살지 않는다
오로지 주인 된 인간에게 목을 맨 쬐끄만 녀석

하루 종일 주인 눈치만 살핀다
주인이 즐거우면 덩달아 신명나고
주인이 우울하면 따라서 풀죽는다

눈은 언제나 주인을 지킨다
끊임없이 꼬리를 흔들어 순종을 맹서하고
손끝만 까딱하면 자다가도 벌떡 일어선다

인간이 다른 인간에게
강아지 백분의 일만 신실할 수 있다면
사람세상이 이토록 스산하지는 않을 것이다

강아지의 사랑

제 사랑은 언제나 진실했어요
속인 적도 없고
믿음을 저버린 적도 없어요

추운 구석에서 새우잠을 자도 불평한 일 없고
거친 먹이를 받아먹으면서도 항상 감사했어요

발길에 차여도 기쁘게 당신을 따랐고
몇 날 며칠 외면해도 노여움 풀리기만 기다렸어요

당신의 벗은 무조건 제 친구였고
당신의 적은 용납할 수 없는 사탄이었죠

설령 당신이 동전 서른 닢에
저를 원수의 손에 넘긴다 해도
저는 결단코 아무도 원망하지 않을 거예요

저에게 당신은
목숨을 바쳐도 아깝지 않은
단 하나 구원의 사랑이니까요

강아지의 신앙

어딜 가도 졸졸 따라 다닌다
환한 곳이건 어두운 곳이건

내가 웃고 있거나 침음해 있거나
녀석의 짝사랑은 멈추지 않는다

내가 무너져도 죽을 지경이어도
녀석의 믿음은 흔들림이 없다

나는 해탈할 수도 없고
죽은 뒤 부활한다고 큰소리친 적도 없는데

저를 영생에 들게 할 수도 없고
영원히 함께하리라 약속한 일도 없는데

녀석에게 나는 신이다
하늘님이고 땅님이다

지치고 초라한 한 인간을

전능한 유일신으로 굳게 믿는 딱한 목숨

염치없는 나는 별 수 없이
녀석을 바보천치라고 규정짓는다

강아지도 실수할 때가 있다

강아지도 실수할 때가 있다
저의가 있는 것은 아니다
단순하고 솔직한 탓에 실수를 한다

하기 싫은 목욕을 강제로 시킬 때
푸르르 두어 번 몸을 털면 그만일 것을
사정없이 뜨거운 드라이어 바람을 쐬일 때

맛있게 물고 노는 뼈다귀를 빼앗거나
잘난 척하는 낯선 강아지를 주인이 쓰다듬을 때
강아지는 앙증맞은 젖니를 드러내며
제법 늑대의 후예랍시고 으르렁거린다

모처럼 산책 나가서 기분 짱인데
갑자기 목줄을 잡아채며
답답한 집안으로 끌고 들어가려 할 때

여행을 원한 것도 아닌데
숨 막히는 창살가방에 밀어 넣고

퉁탕거리는 자동차에 무작스럽게 태울 때

강아지는 죽을 맛이다 살려 주세요
구름과자 같은 네 발을 뻗대며
젖 먹던 힘을 다해 앙탈을 부린다

반란은 순식간에 평정된다
노기 서린 으름장 한 소리에
강아지는 맥없이 즉각 투항한다

꽁지를 말고 눈을 내리깔며 패배를 시인한다
발랑 누워 앞발 뒷발 다 들고 충성을 맹서한다
급하면 책상 밑이나 침대 밑으로 기어들어가
구석자리에 웅크리고 앉아 애절하게 용서를 빈다

자비로우신 주인님
제가 주인님의 변덕과 횡포를
언제나 조건 없이 용서하듯이 주인님도
제 일순간의 불충을 한 번만 너그럽게 용서해 주세요

강아지의 회개는 즉각적이고
강아지의 참회는 순교자처럼 진솔하다

그 애처롭고 맑게 빛나는 착한 눈을 보면
강아지의 사소한 실수를 용서하는 것이 실은
나 자신의 더 큰 잘못을 용서받는 일임을
저절로 깨닫게 된다

내가 졌다

너는 아니? 삶과 꿈의 차이가 뭔지?

어떻게 해야 모든 걸 내려놓을 수 있는지?

내가 이제 어디로 가야 하는지? 너는 알고 있니?

강아지는 뼈다귀를 물고 놀다가
빤히 나를 올려다본다

웬 도깨비 씨나락 까먹는 소리람?
맛있는 거나 있으면 내놓지 않고!

그래 네가 나보다 낫다
너는 아예 태어날 때부터
하찮은 생로병사나 희로애락을 초탈했으니

모욕

'개새끼'라는 말로
개를 모욕하지 말라

개는 인간처럼 교활하지 않다
거짓을 일삼거나 이익만을 좇지 않는다

주인을 배신하는 개를 본 적이 있는가
다만 동족을 등치는 비루한 인간이 있을 뿐이다

끝없는 탐욕은 인간의 것이다
개는 필요 이상의 것을 탐하지 않는다

보라 개는 배부를 만큼만 먹고 나면
아낌없이 먹이를 이웃에 양보한다

먹이를 창고에 쌓아두는 법도 없고
구차스럽게 신전에 상납하지도 않는다

쓰레기 같은 인간을 '개새끼'라고 부른다면
어린 강아지라도 모멸감에 몸을 떨 것이다

제3부 | 젊은 날의 추억 – 10대와 20대에 쓴 시편들

〈가을의 사랑〉

먼 바다

이제사 난 생각나네
그때 내가 너에게 하고 싶던 말

기억을 떠밀며 파도는 자꾸 밀려들어
잠든 바위의 고단한 옷자락을 흔들고

나는 구름 젖어 아득한 수평선을 바라보며
그 너머 잃고 온 내 어린 꿈들을 생각하였네

바다는 적적한 풍경이었네
비늘 환한 물고기 한 마리 수면을 뛰놀지 않고

일모는 창백한 바람 속에 묻어와
가난한 한 줌 햇살마저 쓸쓸히 사글고 있었네

나는 느꼈네 겨울이 오고 있음을
꽃피었던 시간이 시들어가는 나직한 소리를 나는 들었네

정결한 우리 사랑은 너무나 외로웠고

노을 잠기듯 떠나간 네 이름을 나는 그만 잊고 말았는데

여름이 타고 남은 잿더미가 물살에 씻겨갈 때
내 가슴엔 아직 순결처럼 아픈 고뇌가 남아 있었네

조개껍질 하나 채울 희망도 내겐 없었고
허전한 음률만이 숨죽인 대지 위에 자욱이 넘쳐흘러

내 주변을 어둠 속에 맴돌던 작은 새 울음소리
바다 위엔 빨간 항해등이 한 점 위태로이 떠 흐르고 있었네

나는 마음 들킬까 두려워 조약돌이나 던지고
너는 안개꽃 피어나듯 하얗게 웃어주고

그런데 나를 보던 네 눈은 왜 항시 젖어 있었을까
까닭도 없이 나는 왜 끝끝내 망설였을까

나는 보고 있네 밤이 뿜는 진한 향기 속에
가장 아름다운 한 소녀가 고요히 숨져가고 있음을

그리고 죽음조차도 우리 사랑을 다시 확인할 수 없음을
쓸쓸히 뉘우치며 빈 바다에 남아 있네

〈욕지도 풍경〉

아지랑이

봄날
정원의 꽃나무가
꽃망울을 달고 가만히
진통하고 있을
때

누구였을까
바알간 햇덩이를 머리에 이고
저쪽 담 너머를
기웃거리고
있었다

소년

생활에 꾸중 듣고
울적한 심사

우산도 없는 빗속을
산에 오르면

마음은 먹구름
비바람에 몰린다

내가 아홉 살
누이는 눈빛이 상냥하고

장독대 옆 꽃밭에는
사철 순박한 노래가 피었다

환한 앞마당에는
꼬마 동생들 장난이 왁자하고

지금은 소식도 없는 아버진

가끔 먹을 갈아 붓글씨를 쓰셨다

시방 가슴에는
후줄근히 비가 내리고

산 아래 작은 집
전기도 안 들어오는 우리 집

일찍 철든 소년은
꿈이 서럽다

어머니

손바닥만한 단칸방에
식구는 흥부네 부럽지 않게 많았다

돈 벌러 객지에 간 아버지는
해를 넘겨도 소식이 없고
온가족 생계를 떠안은 숙주나물 시루가
사람을 제쳐놓고 아랫목에 가부좌를 틀었다

어둠이 스러질 무렵이면
힘겨운 살림에 찌든 어머니가
새벽 여린 빛에도 눈앞이 어지러워
휘청걸음으로 그림자처럼 일어났다

선잠을 자며 밤새 몇 차례나 물을 준 시루에서
신통하게도 잘 자란 나물을 뽑아
어머니는 광주리에 이고 새벽시장으로 나간다

좌판에서 받은 푼돈 몇 닢을
좁쌀 두어 됫박과 바꿔 온 어머니가

생나무 아궁이 불로 아침 죽을 끓인다

좁은 부엌 가득 찬 매운 연기에
연방 밭은기침을 토하면서
긴 한숨 몇 번으로 한을 삭이던
나의 젊은 어머니

나는 어린 마음에도
더는 잠을 이룰 수 없어
해진 홑이불 구멍으로 살며시 어머니를 지키노라면
눈앞이 아물거려 오래 바라볼 수 없었다

〈꿈의 정물〉

봄소식

꽃금(琴)을 치는 낮은 음계
이슬 맺히는 음률에 씻기며
아픈 꽃망울이 떨고 있다

부러진 나뭇가지 끝에서
상심(傷心)을 앓는 바람이여

겨울의 빙벽
그 여윈 눈발 속에 묻혀
내 가난한 꿈은
고적하게 잠들었는데

누구였을까
고단한 동면에서 깨어난
내 소생의 접목 위에
나비처럼 날아와 앉던
눈빛

음악에 젖은

한 점 구름이

그 눈 속을 떠 흐르고 있었다

산 숲

산 숲은 아름다웠다

바위 곁에 솟은 늙은 솔나무가 아니라
발아래 얽혀 핀 야생화가 아니라

그 나무 아래
그 풀밭에 앉아

마악 먼 서산을 넘는
햇덩이를 바라보며

한 송이 타오르는 구름과 같이
바알간 뺨과
물오른 입술이 고운

계집애가 있어 좋았다
계집애가 나를
기다리며 있어 좋았다

산 숲은 아름다웠다

숲의 노래

산이 나를 부른다
어쩌면 기억날 듯도 한 윤곽으로
누군가와의 그리운 옛날을 그려놓고
산은 정답게 나에게 손짓한다

산에 오르면
산은 슬그머니 눈앞에서 사라지고
대신 나무들이 수런수런 인사를 건네며
두 팔 벌려 나를 맞는다

숲의 노래가 들린다
작은 가지에 앉아 꽃망울을 흔들다가
바람이 깨우면 순간 날아오를
이름 모를 새들과 함께 숲은 노래한다

바람이 나뭇잎들을 어루만지며 탄주하는
은은한 음악
누구의 사랑이 이토록 그윽할 수 있을까

숲의 부드러운 가슴에 나를 누인다
풀꽃처럼 살다가
바람처럼 스러지고 싶은
내 조그만 꿈도 같이 눕는다

말없이 숲은 나를 안는다
나는 다시 깨어나지 않아도 좋을
달콤한 잠에 깊이 빠져든다

〈여인상〉

새벽 바다

태양을 분만할 때
바다는 진통으로 몸을 떤다

파도는 거칠게 숨을 몰아쉬고
하늘은 핏빛으로 젖는다

평화는 일순에 찾아온다
큰 사랑은 거침이 없다

불끈 해가 치솟으면
온 세상이 전율하듯 밝아온다

새벽 바닷가에 선
내 차가운 뺨에

우윳빛 촉감으로 물결치는
음악과 새날의 햇살

이제 날개를 펴자

태양을 향해 힘껏 날아올라야 한다

타는 하늘빛에 눈멀고
심장이 터져

끝내 칠흑 깊은 바다로
곤두박질친다 할지라도

가을

바람은 입김으로
파랗게 하늘을 닦아 놓고

먼 산봉우리엔
한 점 구름

밑동이 썩은
고목 아래 서면

낙엽도 이제는
하나 둘 날릴 뿐

귓전에는 서운하게
마지막 꽃잎들 떠나는 소리

꽃은 꽃이어서
지는 것이 애처롭고

구름은 구름이어서

흘러가는 것이 무상한데

하늘에 낚시를 던지면
바람이라도 낚을 수 있을까

새로 인 초가지붕엔
맨발 시린 참새들이 모여 이삭을 줍고

텅 빈 논길을
가는 달구지

모두를 떠나보낸 뒤 나는
나를 찾아 고향에 돌아왔다

가을바람

가을바람은
내 유년의 동화처럼
깨끗한 나라에서 불어온다

가을바람은
가장 아름다운 시와
노래를 알고 있다

가을바람은
숨 막히던 여름의 번뇌를
낙엽과 함께 말끔히 쓸어버리러 온다

가을바람은
바다 같은 망각 속으로
나를 실어간다

이왕이면
가을에
죽고 싶다

가을 여행

누가 손짓하는 것일까
솔잎 지는 소리처럼 빈 마음으로
우리는 길을 떠난다

가도 가도
마주 오는 이 하나 없는
아득한 들길

황금물결 출렁이는 백 리 들판을
새털구름 흩어지듯
참새 떼가 날고

그림처럼 먼 산자락과
잔잔한 음악 속을 흐르는 구름
그렇게 가고 있을 우리의 세월

벼이삭 휘늘어진 줄기마다
무르익은 가을을 이고
하늘엔 깊은 파도가 인다

가슴을 적시는 바람소리에
문득 걸음을 멈추면
어느새 낙엽져 간 아름다운 시간들

누가 손짓하는 것일까 아니면
누군가를 생각하며
우리가 그리는 사랑의 환영(幻影)일까

마음 한구석 아픈 기억을 지우며
아무 일 아니라는 듯
고요히 솔잎이 지고 있다

〈석창 밖의 여인〉

한국한란 농홍색화 `풍염(楓炎)`
제주도 산. 저자가 발굴해 1989년 공식 명명.
일본 한란연합회장 특별상을 받은 한국한란 최고의 홍화.

난(蘭)

솔밭 그늘 그윽한
솔내음을 안고 산다

모두 다 잠든 밤에
홀로 난실에 앉으면

그리운 시절 앞내와 뒷산을 흐르던
물소리 바람소리가 되살아난다

일상의 피로가 스러진다
실의는 깃을 접는다

말없이 난은
내 속 깊은 슬픔을 나누어 간다

바람에 흔들려도
결코 믿음을 저버리지 않는 정절

사랑을 확인하느라

조바심치지도 않는다

잊었는가 싶을 때
문득 스며드는 한 줄기 청향

난을 닮은 사람 곁에서
노송처럼 늙고 싶다

겨울 가로

여윈 나뭇가지를 희롱하다가
엷은 햇볕에 졸고 있던 강건한 바람이
스적이며 잠을 깨는 밤의 도시

황량한 또 하루가 저물고
부드러운 어둠이
구원의 손길처럼 장막을 내릴 때

위무하듯 흐르는 바람을 맞으며
옷깃 사이로 스며드는 조그만 사랑과
포도를 울리는 발자국 소리에
겨우 확인해 보는 나의 존재

형광 부서지는 불빛을 받아
흔들리는 찻집 창유리를 치며
눈은 내리고

낡은 나무의자에 기대어 앉아
옛 노래의 청승맞은 설움에 잠겨 있다가

식어버린 한 모금 커피를 마저 삼키며
적적한 식욕을 웃어보는
내 무위의 일상

어차피 잡을 수도 없는
오만한 시간과
미련 없이 헤어진 뒤

자랑스레 남루의 옷자락을 날리며
깊은 밤 비어 있는 가로에 나서면
매양 이유 없이 고결해오는 부조리

나를 전별하는 흐린 가로등의 지친 시선은
진한 우윳빛으로 적셔져 있다

어디를 가도 결국 외로울 수밖에 없는
잃어버린 갈망과
차단되어 간 추억 속으로
쉼 없이 눈은 내리고

문득 칼끝처럼 의식을 일깨워 흔드는
내면의 질문에 걸음을 멈추며

새삼 내가 스스로를 불신한다 하더라도
이미 더 이상 불행할 수도 없는 생존

나는 보는 이도 없는 어둠에 숨어
파리한 얼굴을 외투 깃에 파묻은 채로
밀려오는 자유의 바람에 휩쓸릴 때

나릿하게 오관을 타 흐르며
끝없이 연소해 가는 자조(自嘲)의 열락

공허를 나부끼는 머리칼 위로
미열 어지러운 이마를 적시며
죽음의 손길처럼 따뜻한 눈은 내리고

발끝에 빈 깡통처럼 차여 뒹구는
내 얼어붙은 젊은 날의 노래여

나목은 눈을 이불삼아 푸근한 잠 속에 들고
나 또한 서서 걸어가는 작은 나무
기어코 돌아올 봄을 기다리고 있다

속의 바다

1
밧줄을 타고
소금기 아릿한 해벽 벼랑을 내리면
성난 용암처럼 끓고 있는
속의 바다

잃어버린 시간이
타는 그리움으로 되돌아온다

겨울의 바람은 냄새가 없지만
어지러운 구토를 느끼며
살갗 밑으로 흘려 내리는 어둠

낮은 기침을 토하면서
눈은 나목의 부러진 가지 위에도 내려
식은땀 젖은 내 이마의 미열을 덮는다

2
잠들고 싶은 밤에
누이는 작은 손으로
기억의 쓴 약향(藥香)을 받쳐 온다

나의 병을 근심하는 누이의
성숙한 시선 밑으로
조용한 나무람과
살가운 연민이 교차한다

살며시 이불잇을 다독거리곤
누이는 서늘한 그림자를 남겨놓고 간다

3
나를 깨우는 것은
아닌 밤 깊은 바다의 물결소리다

절망의 저 아득한 벼랑 끝에서
불타는 손가락이
핏줄을 퉁겨 내는 뜨거운 음악

눈을 뜨자

이제 바다에 나가 새 아침을 맞아야 한다

빛살 뿌리듯
현기를 털며
나는 눈부신 어둠의 문을 나서고 있다

〈그린 스케치〉

바다가 보이는 겨울 산

1
무성한 바람소리
수런대는 가지마다
버려라 버려라 소리치는 겨울나무
내가 눈 시린 새날의 빛살을 받으며
겨울 인적 끊긴 산을 오를 때
덧없는 꿈의 손짓
눈은 망설이며 언 땅 위에 내린다
눈이 내리면
상처 난 수목의 뿌리 밑으로
촉촉이 적셔 오르는 치유의 온기
잠 깊은 심연 위로
빛나는 바람이 지나고
어둠을 빗질하며
세계의 중심에 불이 켜진다

2
왜 그리도 산다는 건 어려웠을까

항시 창백한 얼굴을 하고
낡은 지혜의 사닥다리에 매달려
나는 무엇을 구했던가
무심에 눈뜬 나의 시선은
잎 버린 나무 가장 높은 가지 끝에 올라
먼 자유의 바다를 본다
바다가 들려주는 해조음
꺼지지 않는 내 소망의 여린 불꽃처럼
낮고 쓸쓸하게 타고 있는 음악
음악은 그러나
보이지 않는 또 하나의 벽이었다

3
신의 죽음처럼 장엄한 일모
핏빛 구름바다를 가르며
지구는 침몰한다
내가 죽으면
영혼의 끝없는 침잠
해저의 묘지에서
깜깜한 밤 파도에 갇힌 채
나는 잊혀질 것이다
불 타거라 마지막 태양이여

바다 가득 비장하게 넘쳐나는
몰락의 광휘
인간이란 딱하게도
결코 채워질 수 없는 깨어진 잔이다

4
빈 손을 흔드는 바람이 내 곁을 지난다
어리석은 꿈이 풍화되어
씻겨가듯 흘러가는 기류
하나뿐인 적이 자신임을 깨닫는 순간
헛되이 연자방아를 돌리던 눈먼 망아지는
마침내 멈춰 선다
벌거벗은 나무 금빛 가지 위로
회귀의 태양을 물고 날아오르는
불사조들의 찬연한 비상
이제야 나는
맑은 새 세상으로 떠날 채비가 되었다

초등학교·

1

운동장가에 〈도는 지구〉라고 쓰어 있는 회전그네가 있습니다. 겨울방학이 끝나 다시 만난 개구쟁이들이 와자지껄 모여듭니다. 멈추어 섰던 지구가 돌기 시작합니다. 아무도 지구가 잠들어 있던 날들을 생각하지 않습니다. 아무도 그들만이 이 지구를 돌릴 수 있다는 걸 모릅니다. 왜 지구가 이렇게 단조롭게 맴을 도는가를 불평하지도 않습니다. 심심한 아이 하나가 〈도는 지구〉 위에 모래를 뿌립니다. 홍수처럼 웃음이 터져 나오고 둘레에 섰던 모든 아이들이 함께 모래를 뿌립니다. 용사들은 그러나 엄마가 깨끗하게 빨아 입혀준 스웨터 속에 자라처럼 목을 감추고 더욱 열심히 지구를 돌립니다. 모래를 던지던 아이들이 그네 위에 뛰어오르고 그네를 내린 아이들이 다시 모래를 던지고 보얀 흙먼지가 순수한 기쁨처럼 봄 하늘에 피어오릅니다.

2

건강한 햇살들이 서로 이마를 부비며 뛰놀다가 짓궂은 장난꾸러기같이 여기저기 꽃망울을 터뜨립니다. 꽃잎같이 고운 이름을 가진 아이들이 비잉빙 원을 그리면서 화안한 운동장을 돕니다. 무용시간입니다. 나는 어느새 너무 커버린 내 키가 *부끄러워* 개나리 그늘에 숨어서는 확성기에서 울려 퍼지는 〈고향의 봄〉을 듣습니다. 음률이 날아가 걸리곤 하는 먼 산 아지랑이가 왠지 부연 슬픔처럼 흔들려 보입니다.

3
아이들이 모두 돌아가 버린 운동장엔 달콤한 피로가 감돕니다. 가볍게 손끝이 시린 저녁바람이 간들간들 햇볕을 날립니다. 문득 허전한 소리를 내며 저쪽 담 밑으로 무언가 희미한 것이 떨어져 내립니다. 나는 안경을 고쳐 쓰고 이마에 주름을 모읍니다. …스물한 살 나이 속에 잃어버린 소중한 그 무엇의 한 모서리였을까요? 순수 진실 꿈 기쁨 사랑 아니면 조금씩 무너져 내리는 세상의 믿음 그런 것들 말이지요. 누군가 보이지 않는 손으로 내 어깨를 짚으며 나직하게 키득거리는 것 같습니다. 갑자기 내가 너무 나이 들고 초라함을 깨닫습니다. 나는 개나리 여린 꽃잎을 하나 따 물고는 무심한 아이들의 발자국을 밟으며 외롭게 교문을 나왔습니다.

• 원제는 '국민학교'였으나 고쳐진 명칭에 따라 제목을 바꿈

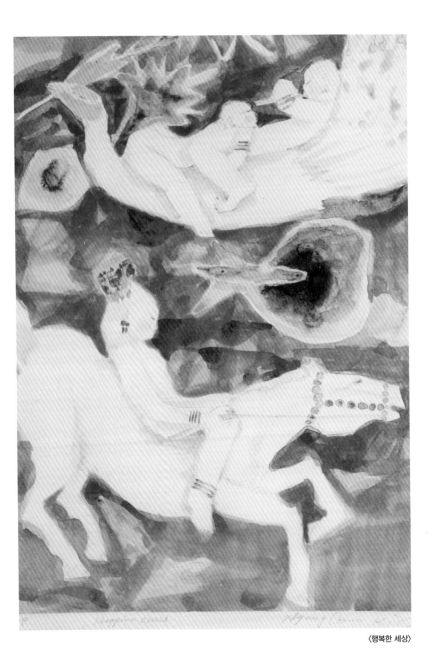

〈행복한 세상〉

〈봄, 그리고 꽃과 여인에 대한 스케치〉

사랑하는 소녀들에게

애초부터 우린 모두 한없이 가난할 마련이지만
소녀여 한 수레의 책도 채 못다 읽고
나는 오히려 말하는 법만 서툴러진다.
먹구름 번지듯 자랑스레 피어보지도 못하고
비바람처럼 사납게 외쳐볼 수도 없는 채
척박한 풍속 살아 죽은 사람들 틈서리에서
고단한 야망의 허전한 도취에 시달리던 세월
어떻게 죽어야 할까를 나는 생각하며 살았다.
죽어간다는 것은 미련 없이 잊혀져 간다는 것
나는 너희에게 당당한 진실을 말해주고 싶었으나
하루도 내 청춘은 욕되지 않은 날이 없었고
참된 지혜와 용기를 보여주고 싶었으나
내 일상은 늘 뉘우침의 퇴적
끝까지 나는 비겁하던 속물.
소녀여 처음 우리가 만날 때 질척이며 해빙하던 대지가
너희 떠나는 지금은 견고하게 얼어 있다
아아 정말이지 겨울이야말로 차라리 따뜻한 것
투명한 빙판 눈부신 빛의 층계를 너희는 오르고 있다.
깨끗한 눈빛 그득 화안히 고여 드는 사랑

머리채 풀면 자욱이 출렁이는 복된 갈망

어떠한 일에도 지금의 내 가슴은 설레는 법이 없고

나의 눈은 무엇을 보아도 이제는 빛나지 않는다.

사랑하는 소녀여 찬란한 지역으로 떠가는 경이로운 신비

너희는 아득히 황홀한 음악일 수도 있고

서늘한 눈매 너희는 그늘 청청한 수림일 수도 있으니

기뻐하라 눈물이 많은 날이 오히려 행복한 때

한 방울 너희 맑은 눈물이 내겐

깊은 파도에서 캐어낸 진주보다 애틋하다.

너희가 서 있는 순간은 그대로 한 세대의 영광

너희 정결한 꿈이 살던 가슴은

죽어도 영원히 뜨거운 열망으로 타오르는 바다

너희가 시선을 던지면 온 누리가 환희로 밝아온다.

그러나 생각하라 사랑스런 건 다치기 쉽고

너무 소중한 건 도리어 잃어지기 쉬운 것

백날을 마주해도 더욱 낯설고 차가운 고독

남은 시간은 애써 견뎌야 하는 아득한 적막.

오늘 나는 너희에게 가장 조심스러운 축복을 준다

열여섯 살의 소녀여 결코 내일을 믿지 않는 내가

너희 앞날을 위해 간절히 빌어주는 안녕

아름다워라 순수하여라 그리고

가장 성실하고 가장 겸손하게 한 번뿐인 삶을 사랑하거라.

해인사 비가(悲歌)

불타던 산줄기가 잿디미로 무너앉아
격랑하는 밤의 소용돌이에 휩쓸리는
해인(海印)˙의 바다
황금의 불씨를 물고 날아오른 검은 새떼들은
불티처럼 어지러이 하늘을 덮고
죽음으로도 돌아 못 가는 잃어버린 시간을
희미한 돌의 파문으로 되새기며 서 있는
천 년 석탑
포효를 멈춘 그 거대한 분노를 나는 알고 있다
제 그림자를 삼키고 선 컴컴한 나무여
꺾인 가지에서 결별을 서두르듯
잎들은 떠나가고
우리들이 앞서거니 뒤서거니
옷깃 날리며 외나무다리 위를 건널 때
허전하게 죄어들던 메마른 향기
그리운 이름들은 어디로 떠갔는가
사랑하는 이의 가슴을 더듬듯
경건한 손끝으로 경판을 새기던
가자 가자 어서 가자

인연의 바다를 건너서 가자
뜨거운 체온을 돌 속에 묻어놓고
신앙 깊던 아사달의 후예들은
언제 부상(扶桑)의 바다를 건너갔는가
수련의 잎새를 타고 간 그들
은은히 천상의 음악에 잠겨 간 그들
그때 누리는 감송과 박하의 향내로 그윽하고
장엄한 횃불이 옹위하던
죽음은 오히려 눈부셨으리
해초의 무덤에 고요히 누워
바람과 아침 냄새에 눈을 적시며
대오(大悟)의 맑은 이마를 소금기에 씻고 있을 사람들
여래(如來)의 말씀은 더 이상 사바에 들리지 않는다
꽃등처럼 옛 가야를 불 밝혀 주던
산호의 수림은
차가운 밤 파도에 쓸려가고
한 아름 안겨오는 무상한 바람 끝엔
다만 적적하게 사위어가는 풍경(風磬)소리
나의 막막한 귓가엔 울리고 있다
서릿발이 치켜 올린 지층을 허물면서
고려의 무구한 규수들 그 순결한
역사의 슬픈 자궁을 열고
진군해 오던 오랑캐들의 말굽소리

상처 난 불타의 이마에서
끈끈하게 내배었던 대속(代贖)의 핏방울이
너무도 선명하게 번져나는
아아 빛살보다 투명하게 안으로 안으로 스며드는
이 무명(無明)의 어둠
이제 우리의 내일을 비춰줄 무궁한 거울은 없다
낙엽은 영지(影池)의 바닥에 이르기 전에 썩고
머리가 너무 무거운 나의 육신이
거꾸로 잠겨 표류하는 진흙의 바다
육근(六根)**이 뒤틀리는 아픔을 견디며 나는
한 줄기 강한 허무에
깨어진 선박을 비끄러매고 있다

● 해인(海印) : 바다처럼 넓고 큰 부처의 지혜
●● 육근(六根) : 인간 의식의 여섯 기관

친구의 죽음

겨울에 죽어간 친구
바람 맑은 강가에 살면서
야생화를 기르고 싶다던 그가
영하의 달동네 다락방에서 죽어갔다
마지막 건네던 허전한 눈빛
풋풋한 사랑 한 번 나눠보지 못한 채
젊음이 너무나 버겁다던 나의 친구는
다시 올 봄을 피하듯 서둘러 떠나갔다
회색 얼어붙은 창유리에 비는 내리고
자갈밭에 던져진 선인장처럼
우리들은 바싹 마른 입술을 태우다가
꺼져들 듯 동시에 눈을 감았다
그리고 상주도 없는 너의 죽음은
바람 찬 산동네 판자지붕을 맴돌다가
호곡하듯 음울한 겨울비로 내리고
나는 울어버릴 수도 없는 허망을
시궁창 물 흘러내리는 개천가에서 반추한다
도시의 오물이 퇴적하는 모랫바닥
죽은 쥐 한 마리가 깜깜한 눈을 뜨고 있다

욕망이 기르는 쥐새끼는 가슴에 살아
우리들의 굶주린 내장을 갉아먹고
헛웃음 막걸리에 멸치꼬리나 씹으면서
우리들은 애써 현실을 외면한다
눈물이 많던 나의 친구는
결코 절망을 말하지 않았지만
차갑게 비웃는 자여
누가 동토에서 살 수 있단 말인가
아무도 죽은 자를 살려낼 수는 없다
지금 목구멍 타는 갈증을 적시듯
줄기차게 겨울비는 내리고
나는 한 마리 촉수 잃은 곤충처럼 허덕인다
진종일 사납게 울부짖는 바람이여
곧 죽어도 인생은 아름답다던 그는
이제는 휴식 속에 평화를 얻었을까
산비탈 몰아치는 비바람에 몸을 맡기면
나 또한 체념 속에 자유로울 수 있을까
창백한 겨울 지붕 낮은 판자촌에서
물색없이 꿈 많던 나의 친구는
강추위보다 매서운 궁핍 속에 죽어갔다

어두운 세상

어두운 마음으로
어두운 골목길을 걸어서
어두운 밤 하숙집에 돌아오면
주인아주머니 어두운 얼굴이 나를 맞는다

그 누가 펜은 칼보다 날카롭다 했는가
언론의 죽어버린 시체를 나는 보았다

도둑이 주인을 내어 모는 교문 밖에서
지은 죄 없이 사나운 불안에 우리가 쫓길 때
도심의 어두운 바닥으로부터 넘쳐나는 굉음
조국의 흔들리는 민주주의를 아프게 우는 조종(弔鐘)소리

이 땅이라고 볼테르나 사르트르가 없는 것은 아니다
다만 그들을 아끼고 이해하는 드골이 없을 뿐
나는 슬퍼한다 우리가 드골 같은 거인을 만날 수 없음을
나는 슬퍼한다 더욱이 우리가 사르트르만큼 용감하지
못함을

채찍을 휘둘러 우리의 혀뿌리를 끊으려는 자는 누구냐
독수를 뻗쳐 우리의 눈과 귀를 파헤치려는 자는 누구냐
우리는 모든 것을 알고 있다
단지 모두 다 아까운 목숨이 하나씩일 뿐

더 이상 우리는 꿈꾸지 않는다
마로니에 건강한 그늘 밑에서
빛살로 쏘아 올리던 푸른 사랑은
총창과 군화의 거친 발굽 아래 스러져 가고

자유가 죽고
정의가 죽고
우리의 젊음은 차라리 오욕이었다

어두운 대학천 다리 위에서
어둡게 불어오는 바람을 막아섰노라면
파란 독기로 묻어나는 최루탄 냄새

아편에 찔린 듯 널브러진 도시여
어디에 내 못난 주검을 묻을 땅이 있는가
그 어느 곳에도 열려 있는 문은 없었다

• 대학원 다니던 '10월 유신' 전 해(1971년), 이 시를 〈대학신문〉에 발표하고 다소간 불편을
  겪었다. 그래도 학생이 학교신문에 쓴 글이라는 점이 참작됐으니 젊음은 역시 특권이다.

젊은 기자의 초상

살아갈수록 진실과 멀어진다

나이 들수록 용기가 사라진다

굽은 것을 보아도 불편을 느끼지 않고

바른 것을 위험시하는 자들에게 적의를 드러내지 못한다

당당한 장부로 서야 할 나이 서른을 앞두고

나는 오히려 쉽게 잠들지 못하는 겁쟁이가 돼 버렸다

목숨은 첫사랑보다 질기고 애착스러웠다

대의가 부귀보다 중하다고 배웠지만

불의를 방패삼아 쉽게 살기를 도모했다

이것이다 하고 목줄 쥔 자가 칼끝으로 가리키면

그것입니다 하고 나는 떨리는 손으로 받아썼다

나는 지사의 가시밭길을 따라가지 못했고

비열한 자들의 얼굴에 침을 뱉지 못했다

예전에는 입으로 불을 토하고

칼날 위에서 춤추는 역사(力士)를 동경하던 내가

지금은 거리를 활보하는 미니스커트에

간단히 시선을 빼앗기는 얼치기가 돼 버렸다

스물 초반에는 매운 눈보라에도 추운 줄 몰랐으나

서른도 되기 전에 온실 속으로 기어들었다

한촌 이웃을 외면하고 살면서
부자가 되지 못하는 무능을 자책했고
무너진 막장 석탄더미에 묻혀 간 광부 기사를 쓰면서는
음악을 사랑하는 내 사치가 남몰래 부끄러웠다
나는 나 못지않게 비겁한 동료들과 함께 있지만
우리들은 그 누구도 서로 속을 보여주지 않는다
대문을 나서면 숱하게 스쳐가는 비슷한 면면들
독하고 탁한 삶에 취해 자유를 포기한 내 동료들은
오늘도 미라처럼 음습한 얼굴로
무교동에서 술을 마시고 광화문에서 얼쩡거린다
심장에는 이미 한 움큼의 더운 피도 남아있지 않지만
매연과 소음에 잘도 단련된 내 동료들은
된장찌개 냄새만큼이나 최루탄 냄새를 자주 맡은 덕에
오래 전부터 따지지 않고 사는 데 익숙해졌다
한여름에도 언제나 가슴속이 추운 내 동료들은
한 줌 담뱃불로 실낱같은 온기를 빨아들이면서
한 걸음 옮길 때마다 중심을 잃고 비틀거린다
우리들은 잘못 살고 있음을 너 나 없이 알지만
앞으로라도 제대로 살겠다고 결의하지 못한다
저녁상을 마주앉으면 새삼 자식들에게
초라한 아비의 초상을 남기지 않을까 저어하면서도
바로 이 자식 놈 때문에 참고 사는 거라고
낯 뜨겁게 스스로를 변명한다

나는 뼈대 있는 조상들이 물려준 지혜의 움집을 쫓겨나서

철근과 시멘트가 이를 악물고 타협한

고층아파트 정글 속으로 정배되었다

젊음은 어이 이리 욕되고

인생은 왜 이다지 긴 것인가

더러운 땅위의 아귀다툼이 잠들고

하늘의 소리가 들리는 깊은 밤이면

또 하루 동안 똑같은 죄를 지은 내 머리맡에서

작은 천사와 악마들이 어지럽게 싸움을 시작한다

• 스물여섯에 기자가 된 이후 쓴 시는 이것뿐이다. 1974년 봄 동숭동 캠퍼스에서 서울대 법
대와 문리대 학생들이 '유신 철폐!'를 외치며 대낮 횃불시위를 벌였다. 충격적인 사건이었
다. 학생들은 전원 연행됐고 뉴스는 통제됐다. 부끄러움 속에 휘갈겨 쓴 이 글은 물론 발
표할 곳도 없었고 그럴 만한 배짱도 없었다. 나는 시를 잃었고 시도 나를 버렸다. 1992년
여름 '민주화' 이후 많은 나의 동료와 후배들이 갑자기 마음 놓고 투사로 돌변했다. 희극이
었다. '인생은 한 마당 광대놀음'이라고 누가 그랬던가.

〈포도와 녹색 유리병〉

감사의 말씀

저희 부부와의 인연을 각별하게 여기셔서 제 아내의 모습을 단아한 표지화로 그려 주시고 눈부신 삽화까지 주신 대한민국 최고의 화백 김형근 선생님께 정중하게 감사 인사를 올립니다.

선생님 내외분의 다정한 배려 덕분에, 저는 집사람에게 더없이 아름다운 선물을 줄 수 있게 되었습니다. 집사람도 진정 기뻐하며 감사하리라 생각합니다.

같은 연유로 정 깊은 머리글을 써 주신 천주교 유수일 주교님과 엄기영 전 문화방송 사장님에게도 뜨거운 감사와 우정의 인사를 드립니다.

유수일 주교님은 원래 제 고향과 학창의 선배이신 데다가 저희 부부의 혼배성사와 집사람의 마지막 병자성사 그리고 장례미사까지 집전해 주신 특별한 인연의 고매한 성직자이십니다.

또 우리 시대 전설의 TV 뉴스 앵커 엄기영 사장님은 문화방송에서 30여 년을 동고동락한 직장 동료로서, 부부간에 흉금을 털어놓고 교유한 몇 안 되는 진실한 벗입니다.

이 작은 책자가 출간되기까지 내 일처럼 나서서 도와 주신 88 서울올림픽 때부터의 부부동반 친구 남상균 전 스포츠조선 사장님과 그의 사우이며 빼어난 문필가이신 조선일보 박해현 논설위원님에게도 우정 어린 감사의 인사를 드립니다. 기꺼이 책을 내주신 휴먼앤북스의 하응백 사장님에게도 감사드립니다.

이 시집에는 시와 함께 시의 형식을 빌린 참회록이나 비망록 성격의 글들이 섞여 있습니다.
삭막한 직업 때문에 젊은 날 등 돌렸던 시와 35년 만에 재회하면서, 가급적 화사한 언어의 유희를 피하고 단순 질박한 문장으로 진심을 담으려 했습니다.

과거는 이미 지나갔고 미래는 결코 오지 않는다는 것. 회한을 남기지 않는 삶을 살기 위해서는 바로 지금 이 순간, 사랑하는 사람에게 최선을 다하고 도움을 필요로 하는 사람들에게 즉각 손을 내밀어야 한다는 것을 되풀이 생각했습니다.
시간은 모든 것을 소멸시키며 사정없이 흘러갑니다.
남은 생 깔끔한 마무리를 위해 노력하겠습니다.

김상기